UNE
FEMME IVRE

(LEVER DE RIDEAU)

« La Pensée nous est donnée
pour la répandre. »

PAR

Emile SAINT-HILAIRE

PRIX : **20** CENTIMES

EN VENTE :

A PARIS

A la Librairie de l'Union des Peuples, Pierre Parl, 7, rue du Vert-Bois
A la Maison du Peuple, impasse Pers (Savary, dépositaire)
Chez l'auteur, 96, avenue de Clichy

A ALGER

a Bourse du Travail — Au Bur u du Syndicat des Femmes

1894

DU MÊME AUTEUR :

Romans.

MARGUERITE GERMAIN (édition épuisée).

L'AMOUR D'UN POËTE (édition épuisée).

FRANCINE OU SOUVENIR DES BUTTES MONTMARTRE (sous presse).

Ces ouvrages sont recommandés aux journaux socialistes comme feuilletons.

--- ---

Brochures.

LES INCURABLES.

A BAS LES MASQUES.

HOMME ! QU'AS-TU FAIT DE LA FEMME ?

LE PARADIS TERRESTRE DANS L'AVENIR.

LES PÊCHEUSES DES GRÈVES DE GRANVILLE.

ODE A LA TERRE

Paris. — Imp. Lambert, Epinette et Cie, 231, rue Championnet.

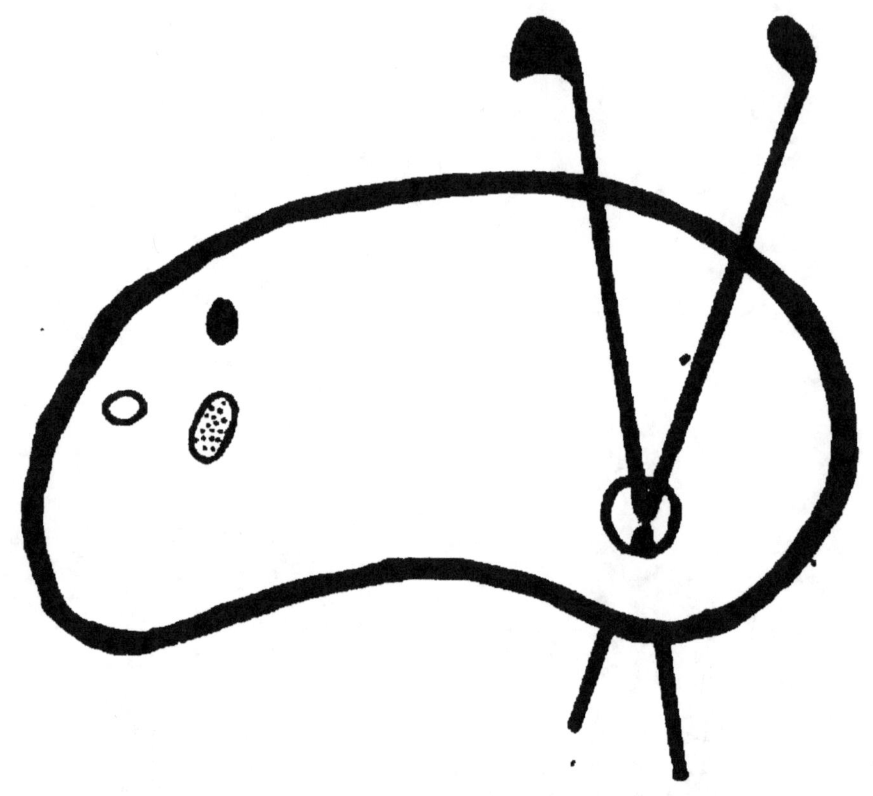

FIN D'UNE SERIE DE DOCUMENTS
EN COULEUR

AUX ÉTUDIANTS SOCIALISTES

C'est à vous, jeunes étudiants socialistes, que je dédie ce petit lever de rideau :

UNE FEMME IVRE

et avec cette préface une page de Chateaubriand, toujours d'actualité :

UNE SOCIÉTÉ QUI AGONISE

PRÉFACE

Par une belle matinée, je me trouvais sur la Place du Gouvernement à Alger, lorsque, tout à coup, retentit un bruit semblable au mugissement des vagues de l'Océan. Au même instant, le ciel fut obscurci par un épais nuage et la Place du Gouvernement couverte de sauterelles.

Les enfants français ramassaient ces insectes dans leurs tabliers en jetant des cris joyeux, tandis que les jeunes Arabes regardaient ce spectacle avec indifférence.

Aujourd'hui, un nuage est venu, comme les sauterelles d'Algérie, obscurcir à l'improviste l'horizon politique de la République Bourgeoise et troubler la douce quiétude de nos gouvernants.

Depuis 1871, nous avons assisté à la marche

sans cesse progressante du socialisme, qui a pu se déclarer au grand jour sans que les lois eussent à intervenir. Mais les nouveaux procédés mécaniques employés pour l'exécution des grands travaux ont coupé les bras aux ouvriers, qui voient, à mesure que marche la Science, augmenter les productions et diminuer leur salaire ; c'est une conséquence du Progrès !

Les Prolétaires sont écœurés des scandales qui se sont produits, Panama et autres, dans la classe dirigeante.

La Société telle qu'elle est organisée, est condamnée à disparaître fatalement et à faire place à une Société nouvelle, régénérée et organisée sur des bases solides et plus égalitaires.

Par tous les moyens possibles, la République bourgeoise cherche à se sauver du péril imminent qui est, nouvelle épée de Damoclès, suspendu sur sa tête.

Aujourd'hui, penser est un délit, prévoir ce que sera la Société future en est un autre, et chaque jour nous voyons, comme au Moyen-âge, des philosophes condamnés pour avoir exprimé leurs idées sur la Société actuelle !

Mais pas plus qu'on ne peut dire aux flots de la mer : « tu n'iras pas plus loin », on ne peut empêcher le philosophe de donner libre cours à sa pensée, qui lui est dictée par la souveraine Nature !

Ceux qui veulent tenter de comprimer les cerveaux me font l'effet de ces marchands d'huitres qui couvrent leur marchandise de pierres pour empêcher l'eau de mer de s'en échapper !

Ils veulent diriger la Pensée, les malheureux ! Ne feraient-ils pas mieux de trouver le problème de la direction des ballons, qui pourraient alors nous être si utiles ?

Emile SAINT-HILAIRE.

UNE SOCIÉTÉ QUI AGONISE

La société, telle qu'elle est aujourd'hui, n'existera pas toujours ainsi. À mesure que l'instruction descend dans les classes inférieures, celles-ci découvrent la plaie qui ronge l'ordre social : plaie qui est la cause de tous les malaises et de toutes les agitations populaires.

La trop grande inégalité des conditions et des fortunes a pu se supporter tant qu'elle a été cachée, d'un côté par l'ignorance, de l'autre par l'organisation factice de la citée ; mais aussitôt que cette inégalité est généralement aperçue, le coup mortel est porté.

Recomposez, si vous le pouvez, toutes les fictions aristocratiques ; essayez de persuader au pauvre, quand il saura lire, au pauvre à qui la parole est portée chaque jour par la presse, de ville en ville, de village en village, essayez de persuader à ce pauvre, possédant la même lumière et la même intelligence que vous, qu'il doit se soumettre à toutes les privations, tandis que tel homme, son voisin, a, sans travail, mille fois le superflu de la vie : vos efforts seront inutiles.

Le développement matériel de la société accroîtra le développement des esprits. Quand le salaire, qui n'est que l'esclavage prolongé, se sera émancipé à l'aide de l'égalité établie entre le producteur et le consommateur ; quand les divers pays prenant les mœurs les uns des autres, abandonnant les préjugés nationaux, les vieilles idées de conquêtes, tendront à l'unité des peuples, par quel moyen ferez-vous rétrograder la société vers les principes épuisés ?

L'avenir sera un avenir puissant, libre dans toute la plénitude de l'égalité ; mais il est loin encore. Avant de toucher au but, avant d'atteindre l'unité des peuples ; la démocratie naturelle, il faudra traverser la décomposition sociale, temps d'anarchie, de sang peut-être. Cette décomposition est commencée.

Quand il ne s'agirait que de la seule propriété, n'y touchera-t-on point ? Restera-t-elle distribuée comme elle l'est ?

Une société où des individus ont deux millions de revenu, tandis que d'autres sont réduits à remplir leurs bouges de monceaux de pourriture, pour y ramasser des vers, vers qui, vendus aux pêcheurs, sont le seul moyen d'existence de ces familles elles-mêmes autochtones du fumier ; une telle société peut-elle rester stationnaire sur de tels fondements ?

Mais si l'on touche à la propriété, il en résultera des bouleversements immenses, qui ne s'accompliront pas sans effusion de sang ; la loi du sang et du sacrifice est partout. La société moderne a mis dix siècles à se composer, maintenant elle se décompose.

Nous ne sommes pas dans un temps de révolution, mais de transformation sociale. J'aperçois l'hôpital où gît la vieille société. Quand elle aura expiré, elle se décomposera afin de se reproduire sous des formes nouvelles ; mais il faut d'abord qu'elle succombe. La première nécessité, pour les peuples comme pour les hommes, est de mourir.

La vieille société fait semblant de vivre, elle n'en est pas moins à l'agonie !

CHATEAUBRIAND.

UNE FEMME IVRE

LEVER DE RIDEAU

(Le théâtre représente une chambre d'ouvrière. Un paravent partage la pièce, dissimule le lit et une armoire contenant les ustensiles de cuisine).

VICTOIRE

(Jupe et camisole, tenue d'été, s'empare d'une machine à coudre, la repoussant avec un geste de dédain au fond de la pièce :

J'en ai assez de ta vue. Va te cacher, affreux gagne-pain, je veux rire aujourd'hui, je veux t'oublier, la misère me révolte, tu m'indignes, tu enrichis l'exploiteur; mais tu ne peux suffire à l'ouvrière qui crève la faim du premier janvier à la Saint-Sylvestre. Il faut trimer, se gêner, se priver. V'là le plaisir, Mesdames ! V'là le plaisir. Mais aujourd'hui on ne va pas tirer l'aiguille.

(Lorsque la machine est à la place désignée et recouverte d'un morceau d'étoffe, Victoire va prendre une table auprès de la fenêtre, sur laquelle il y a plusieurs journaux, elle la place au milieu de la chambre, en ouvre les deux battants, d'une main elle tient les journaux, de l'autre, elle prend de son armoire un morceau de toile et deux serviettes, puis revenant au milieu de la scène) :

— Oui, une nappe, des serviettes, comme des bourgeois, c'est convenu avec Rose, ma pauvre camarade de misère. Elle a meilleur caractère que moi. Elle rigole de la dèche, de la purée. Moi? Non !

Ça me met la haine dans le cœur, là ! Sors ton linge fin, m'a-t-elle dit, avant d'aller chercher le déjeuner, en fredonnant sa chanson favorite :

> Les gueux sont des gens heureux
> Ils s'aiment entr'eux.
> Vivent les gueux !

(Elle ouvre les deux battants de la table, met le couvert).

C'est plus vrai cela que tous ces journaux dont nous payons les blagues un ou deux sous alors que nous achetons notre journal pour les nouvelles ou pour lire des articles sur l'extinction du paupérisme et l'affranchissement des travailleurs. En attendant que le progrès nous montre le bout de son nez, nous venons d'en passer une quinzaine. Jour et nuit, il a fallu piocher. Pas le temps de manger un morceau de petit salé, une croûte de pain : pour toute consolation une goutte de café en guise de vin. Pauvre vieux café ! Tu nous a rendu de fameux services. Sans le café, il n'y avait pas moyen d'achever la corvée. — quatre-vingts pelures à Godillot. Enfin ! c'est livré et payé ; et le terme aussi est payé.

(Victoire va au placard qui remplace la cuisine, puis revenant au milieu de la scène) :

Allons bon ! Voilà la braise toute consumée et cette Rose qui ne revient pas.

(On entend une voix dans l'escalier) :

> Les gueux, les gueux.
> S'aiment entr'eux.

(La porte s'ouvre avec fracas, Rose entre tout essoufflée, les bras chargés de provisions qu'elle dépose sur la table).

VICTOIRE

Mais que tu as été longtemps, ma braise est toute consumée.

(Elle s'occupe du déjeuner tout en écoutant Rose).

ROSE

Mais oui, je suis en retard, diablement encore, et j'ai une de ces faims. Et dire que c'est la proprio qui est cause de cela. Enfin, je la tiens la quittance.

(Elle la détache de son corsage).

Voyons que je l'examine cette orthographe d'une ancienne charbonnière aujourd'hui propriétaire.

Enfin, ça y est! Le terme est payé, et des six francs en plus, notre déjeuner compris, il reste quinze sous. Les voilà, Victoire.

(Elle les met sur la cheminée).

Ça vaut mieux que rien, quinze sous en caisse.

VICTOIRE

(Allant et venant, s'occupant du déjeuner, va à la cheminée regarder les quinze sous).

Il n'y aura pas gras pour demain, mais nous allons vivre aujourd'hui. Comment t'a-t-elle reçue la propriétaire?

ROSE

Comment? — Mais elle m'a fait poser. J'ai attendu plus d'un grand quart d'heure. Et tout cela pour se vêtir d'une matinée avec des broderies, je ne vous dis que cela! Elle fait salon l'ancienne charbonnière. Elle qui n'a jamais donné la mesure à la pratique. Elle avait entouré son gros cou de vachère d'une

chaîne en or, grosse comme le petit doigt. Elle tenait
à se présenter avec tout son fourniment, toute sa
ferblanterie, bracelet, chaîne en or, un tas d'affaires.
Et tout cela pour me faire voir la différence qui
existe entre une propriétaire et une pauvre crève-la-
faim. Et puis. elle m'a dit qu'elle avait bien de la pa-
tience avec ses locataires. et que nous étions toujours
en retard. Bref, si je ne l'avais pas pressée, j'y serais
encore. Ces parvenus ! Ça vous rase-t-il avec leur.
baragouin : mes maisons, mes actions. Et moi je lui
ai dit : — Donnez-moi bien vite ma quittance. J'ai
grand besoin de me ravitailler.

VICTOIRE arrive sur la scène avec l'entrecôte.

Allons. à table.

ROSE

Madame est servie.

(Elle s'assied puis jetant un coup d'œil à droite et à gauche) :

Tiens! tu as fait un pied de nez à la machine. Tu as
soustrait à nos regards ce bel instrument. Pas bête,
Victoire. C'est une chouette femme que ma Victoire.

(Victoire a pris deux couteaux. Elle les aiguise l'un avec l'autre.
Au moment de partager l'entrecôte elle en est empêchée par Rose).

ROSE

Laisse-moi contempler notre ravitaillement. L'a-
vons-nous assez désirée cette entrecôte?

(Elle lui en met la moitié dans l'assiette ; tout en mangeant elles
causent).

ROSE

L'autre jour, place St-Pierre, j'ai vu chez un bro-
canteur un petit tableau représentant une entrecôte

étalée sur du cresson. Combien, demandai-je? — Sept francs! — Diable c'est trop cher pour ma poire, si cela valait quarante sous, on se le paierait. Quand je déjeune avec du pain sec je regarderais mon tableau et je me figurerais que je mange de la viande. Le bric à brac pouffa de rire de mon idée, mais ne céda pas.

VICTOIRE

Sacrée bavarde que tu fais! avec cela qu'elle nous verse des verres! Il ne nous restera plus de vin pour le fromage!

ROSE

Tu fais bien de me rappeler à l'ordre, ma vieille, on va y aller en douceur, mais c'est si bon de vivre. Cré nom, si j'étais du gouvernement, je voudrais que ça mange mon peuple. C'est moi qui le ravitaillerais! Tu n'as pas remarqué, Victoire, que tout le monde est maigre à présent.

VICTOIRE

Excepté les patrons qui ont des ventres comme des ballons; ils ont double ration ceux-là.

ROSE

En fait de patrons, tu as reçu ce matin une lettre, est-ce la commande en question, ce serait mieux que du Godillot.

VICTOIRE

Il n'est pas question de travail dans ma lettre.

ROSE

Alors elle ne me concerne pas, ça m'embête.

VICTOIRE

V'là ce qui se passe. On a formé un comité pour

venir en aide aux femmes qui ont perdu leurs hommes là-bas, à Nouméa.

ROSE

Et tu dis que cela ne me concerne pas ? est-ce que mon pauvre Antoine en est revenu avec les autres, puisque là bas il y a laissé ses os, à l'île Nou.

VICTOIRE

Le Comité est constitué pour les femmes veuves.

ROSE, se levant avec animation.

Oui ! compris ! je ne suis pas une légitime. Voilà ce que tu me jettes au nez ; eh bien, je m'en flatte encore et quoique illégitime tu l'enviais mon ménage ! Pour une femme, Antoine valait mieux que ton homme, Madame la légitime.

(Au comble de la colère, prend le deuxième litre, remplit son verre et boit ; d'un ton ironique) :

C'est parce que tu as pris un homme devant Monsieur le Maire que tu fais la tête. Est-ce que ta noce a valu la mienne, car tu y étais à ma noce. Antoine avait invité ses meilleurs amis et leurs femmes à un dîner champêtre, et là, en présence des camarades, il leur dit qu'il m'avait choisie pour compagne. Oh ! toute la vie je me souviendrai de ses paroles : « Je vous présente celle que j'aime, ma Rose, je la cultive depuis six mois : elle a du cœur et de l'honneur. Et sur ce, il me prit dans ses bras et m'embrassa devant tout le monde et très solennellement il jura de me rendre heureuse. Et comme un bon républicain, il a tenu ses engagements. Quelques mois après survinrent les atrocités. Il fut arrêté, jugé, expédié là-bas pour ne plus revenir ; mais j'aime à me souvenir,

Madame la légitime. que nous demeurions sur le même carré. Chez vous. c'était tout le temps des disputes.

VICTOIRE:

Allons bon, voilà qu'elle se fâche. Que je regrette d'avoir parlé de cette fichue lettre. Tiens nous allons prendre le café. Ça va te remettre.

(Pendant que Victoire va à la cuisine. Rose se dirige vers la porte).

ROSE:

Vous pouvez le garder votre café. Madame la légitime, je vais le prendre ailleurs.

(Elle sort; lorsque Victoire revient sur la scène, la cafetière à la main, des cris se font entendre. provenant de la rue : « *Elle est saoule! A la chienlit!* »).

VICTOIRE regarde à la fenêtre.

Ah! la pauvre Rose. le grand air aura fini de la griser.

(Elle court à la porte. — Changement à vue. Le théâtre représente la rue; des gamins entourent Rose. qui est allée s'appuyer sur le mur d'une maison où il y a un petit marchand étalagiste, livres. montres. Deux dames élégantes sortent de la maison: en apercevant Rose elles s'éloignent avec un geste de dégoût et disent très haut : « *Quelle horreur! Quel spectacle! Il ne viendra pas un sergent de ville pour emmener ça au poste.* » Rose semble dégrisée: l'affront, la honte réagissent sur son cerveau. Elle s'avance vers les deux dames qui se sauvent).

ROSE

Moi, une horreur! Moi. au poste? Ça déjeune tous les jours ces femmes-là! Eh bien. oui. les bourgeoises. oui, j'ai déjeuné aujourd'hui. J'ai vécu pour recrever de faim demain. Mais je gagne ma vie. Je vaux mieux que vous, exploiteuses.

(Les dames disparaissent. Les gamins recommencent leurs cris.

Apparaît le vieil étalagiste. Il engage Rose à entrer chez lui, menace les enfants de les asperger d'eau. Victoire accourt au secours de son amie ; s'adressant au marchand) :

VICTOIRE

Merci, merci, Monsieur. C'est une bonne action que vous faites-là. Ce n'est pas une ivrognesse que ma pauvre Rose, si vous saviez comme c'est arrivé.

LE VIEUX MARCHAND

J'ai bien vu que ce n'est pas une ivrogresse de profession. Il m'a été pénible de voir des femmes aussi mal intentionnées que celles qui voulaient la faire mettre au poste. Ces bourgeoises ont le superflu. Elles ne peuvent comprendre à notre façon.

(Rose, à plusieurs reprises, passe la main sur son visage et semble se réveiller, regardant tour à tour le vieillard et sa camarade ; elle dit au vieillard) :

ROSE

Vous avez une bonne figure. Vous êtes un brave homme. Il faut que je vous embrasse.

VICTOIRE

Comme nous, vous êtes un travailleur.

LE VIEILLARD

Mais oui, mes enfants. Je n'y vois plus pour travailler. Je vends mes vieilles montres, mes bouquins. On fait de la misère, quoi !

ROSE

Laissons la misère pour un autre jour. Ma petite soulographie nous aura procuré un ami de plus. Victoire, offre nous le café.

ÉMILE SAINT-HILAIRE.